ÉPITRE

À LA SOCIÉTÉ ACADÉMIQUE

DES

ENFANS D'APOLLON;

PAR HIPPOLYTE LEMONNIER,

REÇU MEMBRE DE CETTE SOCIÉTÉ LE 13 JUILLET 1823.

PARIS,

DE L'IMPRIMERIE DE PLASSAN,

RUE DE VAUGIRARD, N° 15, DERRIÈRE L'ODÉON.

1823.

ÉPITRE

A LA SOCIÉTÉ ACADÉMIQUE

DES

ENFANS D'APOLLON.

Du Dieu des arts fidèles mandataires,
Et du bon goût soigneux dépositaires,
Vous me voyez glorieux et confus
De figurer au nombre des élus.
Un tel triomphe est-il bien légitime?
Je le sais trop, sur la publique estime
Plus d'un auteur ici-bas s'est mépris,
Croyant gagner ce qu'il avait surpris:
Un mot ainsi fait ou défait la gloire.
Daignez, par grâce, entendre mon histoire,
Car aussi bien je vous suis peu connu,
Et dans ces lieux j'ai l'air d'un parvenu.

Bien jeune encor, dans ma naissante audace,
Je fus frappé d'un précepte d'Horace;
Et, commentant le texte à ma façon,
Je me disais : Ce grand homme a raison,

La poésie est sœur de la peinture : *
Ces arts divins, rivaux de la nature,
A l'avenir transmettent le passé ;
Le temps par eux semble à jamais fixé.
Dans l'atelier d'un disciple d'Apelle
De tels pensers trouvent l'âme fidèle,
Lorsque surtout un ascendant vainqueur
Donne au talent les suffrages du cœur.
D'un heureux père admirant les ouvrages
Qui de l'histoire offrent les belles pages,
Et tour-à-tour savourant les succès
Qui font chérir la muse des Français,
Lisant Boileau, La Fontaine, Molière,
Le grand Corneille, et Racine, et Voltaire,
Un certain jour, d'un fol orgueil saisi,
Je m'écriai : *Je serai peintre aussi !* * *
Le seul vouloir ne fait point l'homme habile ;
Je l'éprouvai : sur un luth indocile
Posant, hélas ! des doigts malencontreux,
Je n'en tirai que des sons malheureux ;

----

* *Ut pictura, poësis erit.*

HORAT. *de Art. Poët.* v. 361.

** Qui ne connaît la belle exclamation du Corrège, *ed anch' io son' pittore!* C'est un mot bien remarquable en effet que celui qui contient tout un caractère.

Et toutefois, dans mon erreur extrême,
Vous m'eussiez vu m'applaudissant moi-même.
Ainsi, bravant la rime et la raison,
Je bégayais loin du sacré vallon.
L'expérience enfin nous désabuse,
Et l'on pardonne au pêcheur qui s'accuse.
Un sage ami modéra mes transports ;
Il m'instruisit à régler mes efforts,
A me soumettre au joug de la césure,
A préluder et chanter en mesure :
Je fus docile, et de nouveaux essais
Furent payés par un premier succès.
O souvenir plein de trouble et de charmes !
Je vais rouvrir la source de vos larmes,
Enfans des arts, ce mortel précieux
De DALAYRAC fut l'ami glorieux :
Ils unissaient leurs talens solidaires ;
Fils d'Apollon, c'était un de vos frères.
D'*Azémia*, cet ouvrage enchanteur,
De *Gulistan*, qui n'eût chéri l'auteur !...
Je dois le dire, ô bon LA CHABEAUSSIÈRE !
Tu m'assuras une palme première ;
Mais tu m'apprends, hélas ! par mes regrets,
Que les lauriers sont mêlés de cyprès. *

* M. de La Chabeaussière a terminé, en 1820, au
mois de septembre, une carrière honorée par de nom-

J'osai bientôt, oubliant ma faiblesse,
M'aventurer sur les bords du Permesse :
Là, confiné dans un coin du vallon,
J'apercevais le temple d'Apollon,
Et j'admirais sa magique structure,
Où l'art triomphe au sein de la nature.
Parfois, portés sur l'aile des zéphyrs,
Des sons lointains, mélodieux soupirs,
Venaient charmer mon oreille captive;
Mais plus souvent, à mon âme attentive
Le vent jaloux dérobait leur douceur,
Et d'un zéphyr dépendait mon bonheur.
Ainsi s'enfuit notre vie incertaine,
Et tout plaisir est suivi d'une peine.

Un jour enfin, dans ce lieu retiré,
Par cas fortuit, je me vis rencontré.
Un fils des arts, Chancelier au Parnasse,
Se promenait avec Tibulle, Horace,
Linus, Orphée, Anacréon, Zeuxis,

breux et de brillans succès. Cet homme diversement
recommandable se plaisait à encourager la jeunesse.
Il daigna plusieurs fois m'accorder les conseils de l'a-
mitié. J'ai saisi avec empressement l'occasion d'associer mes regrets à ceux de ses collègues, et de payer
à sa mémoire le tribut d'une juste reconnaissance.

Tous ses rivaux, et pourtant ses amis :
Non loin de là, Praxitèle et Musée
Goûtaient le frais dans le docte Élysée.
A cet aspect, je parus interdit,
Comme surpris en un flagrant délit.
« Il est bien vrai, dis-je d'un ton timide,
» Seigneurs, ici j'ai pénétré sans guide ;
» Mon passe-port est l'admiration.
» Qui n'est atteint d'un peu d'ambition ?
» D'un pied furtif j'ai franchi, non sans crainte,
» Du double mont l'harmonieuse enceinte,
» Où d'Apollon brille la lyre d'or.
» Je me disais, et je me dis encor :
» Daignera-t-on recevoir mon offrande ?
» Ne suis-je pas ici de contrebande ?...
» Parlez, Seigneurs, puis-je unir sans danger
» A vos concerts un accent étranger ? »
Le Chancelier lors avec un sourire :
« Jeune homme, ailleurs le zèle peut suffire ;
» Chez nous il faut des titres constatés. »
Je déclinai noms, prénoms, qualités,
En ajoutant : « Le fils d'un de vos frères,
» Selon nature et ses lois ordinaires,
» Sur votre cœur n'a-t-il pas certains droits ?
» Ah ! si du mien j'interroge la voix,
» Tout à la fois il éprouve et réclame

» De l'amitié la vive et pure flamme,

» Et je me crois petit-fils d'Apollon. »]
Le Chancelier repartit : « Ce beau nom
» Jamais ne fut transmis par héritage :
» D'après nos lois, ce titre est le partage
» Du seul mérite, et les arts libéraux
» Ne sont flétris d'aucuns droits féodaux :
» La gloire, ami, n'est point héréditaire. *
» Nous possédons, nous aimons votre père ;
» Il se repose à l'ombre d'un laurier,
» De ses vieux jours asile hospitalier ;
» Du dieu du Pinde il est fils légitime.**
» J'aime pourtant l'ardeur qui vous anime ;

* M. Emmanuel Dupaty, Chancelier de la Société,
dans le rapport qu'il voulut bien faire sur ma demande, s'exprimait à peu près en ces termes : « Le beau
» titre d'Enfant d'Apollon, disait-il, ne saurait se trans-
» mettre par descendans masculins, comme le titre de
» marquis ou de comte : le Parnasse n'a rien de féo-
» dal...... » Le nom de M. Dupaty lui-même, ce nom
si justement célèbre, fait pourtant une honorable ex-
ception à cette règle. Les talens sont héréditaires dans
cette famille, et la gloire y est pour ainsi dire une suc-
cession.

** La réception de mon père dans la Société des
Enfans d'Apollon date de l'année 1785.

» C'est un grand point ; et, pour qui sait oser,
» Un noble espoir peut se réaliser.
» Il est d'ailleurs plus d'un rang au Parnasse ;
» On peut vous faire une petite place :
» J'en parlerai dans le prochain conseil. »

O songe aimable, et fortuné réveil !
L'événement passa mon espérance,
Car vous étiez dans un jour d'indulgence ;
Elle influa sur la majorité,
Compta les voix, et je fus adopté.

Dignes élus du temple de Mémoire,
Je vous devais ma véridique histoire ;
Ces longs détails n'étaient pas superflus ;
Et cependant, par ce récit diffus,
De vos accords j'interromps l'harmonie :
En méchans vers je m'adresse au génie ;
De moi chétif j'ose l'entretenir.
Plaignez celui que force à discourir
D'un réglement le tyrannique usage :
Des Amphions j'ignore le langage,
Et mal parler, c'est comme chanter faux.
J'abrége donc d'inutiles propos,
Et je vous dois, au moins par bienséance,
Sauver l'ennui de ma reconnaissance.

C'est un sujet propre à de beaux discours;
Mais les meilleurs sont, je crois, les plus courts.
Ce sentiment, qui redoute l'emphase,
Se montre mal dans une périphrase;
On ne dit rien, pour avoir trop bien dit.
C'est vainement que le goût applaudit,
Lorsqu'un rhéteur élégamment s'explique;
Le cœur jamais ne sut la rhétorique :
Bien dire est beau, mais bien penser vaut mieux.
Tel est mon but; là je borne mes vœux.
Bien qu'aujourd'hui la critique réclame,
Et dans mes vers m'aiguise une épigramme,
J'ai désormais de quoi la contenter :
Je sais me taire, et je sais écouter;
Ce talent seul à vous me recommande.
De bonne foi, d'ailleurs, je le demande,
Sans auditeurs que seraient vos concerts?
Le rossignol au milieu des déserts ;
Et franchement, aux plus rares merveilles,
Il faut des yeux ainsi que des oreilles.
Soigneux toujours d'un silence prudent,
Lorsqu'en ces lieux Apollon préludant,
Vous pressera, dans l'ardeur qu'il inspire,
De marier aux accords de sa lyre
Le violon, fait pour charmer les dieux,
Des fiers Germains le clairon belliqueux,

La douce flûte, au ton mélancolique,
La noble harpe, et le hautbois rustique,
Le clavecin, et le grave basson ;
Je n'irai point, dérangeant l'unisson,
Étourdiment, à la lyre savante
Associer une voix discordante.
Je vous promets, d'un soin toujours égal,
De m'en tenir au seul *bravo final.*
Contentez-vous des efforts de mon zèle,
Fils d'Apollon, j'apporte un cœur fidèle,
L'amour des arts, une âme pour sentir,
Et j'ai de plus des mains pour applaudir.

FIN.

9 782013 062633